NOTES

SUR LA

RESSEMBLANCE DE QUELQUES FICTIONS

NOTES

SUR LA

RESSEMBLANCE

DE

QUELQUES FICTIONS

PAR

LE Cte DE PUYMAIGRE

METZ

TYPOGRAPHIE ROUSSEAU-PALLEZ, LIBRAIRE-ÉDITEUR

RUE DES CLERCS, 14

1862

DE LA RESSEMBLANCE DE QUELQUES FICTIONS

Lorsque l'on s'occupe de la littérature du moyen âge et que l'on examine la poésie populaire de diverses nations, on s'étonne de la rencontre de conceptions pareilles qui tantôt semblent nées du hasard, et qui d'autrefois paraissent dénoter une fréquence de communications dont on ne soupçonnait pas la facilité. Il y aurait un immense ouvrage à faire sur ce vaste sujet. Je ne puis ici avoir d'autre prétention que d'indiquer quelques-unes de ces analogies, sans ordre, sans transition, sans recherches pour ainsi dire, telles enfin que ma mémoire me les offrira et n'importe quelles contrées me les présenteront. Je laisserai de côté les temps modernes, mais je ne parlerai pas seulement des ressemblances que l'on découvre dans les traditions, dans les chants populaires; j'indiquerai encore certaines similitudes que l'on remarque dans des œuvres plus travaillées et où il est plus aisé de saisir des traces de plagiat. C'est en composant un livre récemment publié, les *Vieux auteurs castillans*, que je me suis mis sur la voie de ce genre de recherches. On ne retrouvera pas ici les quelques découvertes que je fis alors, à moins que je n'aie eu à les compléter. J'éviterai également de parler des ressemblances signalées par d'autres, excepté quand j'aurai à y ajouter de nouveaux rapprochements. Ce petit travail, aujourd'hui que l'on recherche avec empressement quels rapports existèrent entre les peuples du moyen âge, offrira peut-être un certain intérêt, il aura du moins l'avantage de résumer beaucoup de souvenirs et de lectures en quelques feuillets.

Marco Kraglievich, le célèbre guerrier de la Servie, ce héros de haute taille, de force admirable, cet homme juste, innocence est reconnue. J'ai ajouté que cet épisode, tiré des *Reali di Francia*, rappelle beaucoup le roman de Sibile dont M. Wolf a publié des fragments, et la légende d'Oliva dont il les a fait suivre; je ferai remarquer que cette donnée est encore celle de la ballade écossaise de Hugues-le-Blond, où Rodington voyant son amour repoussé par une reine, place à côté d'elle un horrible lépreux, puis va prévenir le roi de l'infidélité prétendue de sa femme. Hugues-le-Blond combat pour la reine et triomphe de Rodington qui confesse sa calomnie. Dans l'histoire de Sibile et dans celle d'Oliva, c'est un hideux charbonnier qui est substitué au lépreux.

Je parlais tout à l'heure de Geneviève de Brabant. Combien d'histoires d'enfants abandonnés pourrait me rappeler cette belle légende! Que de petits innocents élevés d'une manière extraordinaire depuis la louve de Romulus et de Remus jusqu'à la lionne qui allaita Esplandian, le fils d'Amadis! Que de jeunes princes longtemps inconnus, depuis Cyrus jusqu'à Valentin et Orson, Doon de Mayence et les fils d'Hélias! J'ai déjà dit qu'un de ceux-ci, le Chevalier au Cygne, combat pour sa mère qu'il sauve de la mort et qu'une situation analogue forme le début du roman de Doon de Mayence. On remarque encore cette donnée intéressante dans la ballade anglaise de Fause-Foodrage : Une reine dont ce farouche personnage a tué le mari réussit à échapper à cet odieux vainqueur et accouche d'un fils qui plus tard venge ses parents en tuant Fause-Foodrage; dans une nouvelle de Giraldi, l'histoire de *Lippa* et dans un des romances sur Gaïferos.

Dans mes études sur les *Vieux auteurs castillans* j'ai analysé une œuvre célèbre que je viens d'indiquer, le Chevalier au Cygne; j'en ai parlé trop longuement pour que je puisse répéter où même résumer ici les détails que j'ai donnés sur cette fiction. J'ajouterai seulement qu'elle pourrait avoir son origine dans les traditions scandinaves; les merveilleux cygnes qui, dans la tradition allemande, déposent leurs enveloppes empennées au bord de fontaines où ils se baignent sous la forme de belles jeunes filles, provenaient peut-être des Walkyries qui fendaient l'air avec de grandes ailes blanches.

A propos de la *Gran conquista de Ultramar,* j'ai encore, dans les *Vieux auteurs castillans*, eu à parler du roman de *Berthe au grand pied,* mais je suis loin d'avoir indiqué toutes les substitutions de femmes que rappelle ce roman. On donne du reste, comme historique, un fait qui tant de fois a compliqué les fictions romanesques du moyen âge. On raconte que le roi d'Angleterre, Edgard, étant en voyage, devint amoureux de la fille d'un gentilhomme chez lequel il logeait, et obtint d'elle un rendez-vous ; qu'à la jeune fille — et par l'ordre de sa mère — on substitua une femme de chambre du nom d'Elflide, en lui enjoignant de quitter le roi quand viendrait le jour; qu'Edgard la retint et qu'il ratifia l'échange par un mariage. Elflide devint la mère d'Édouard-le-Saint. On retrouve encore quelque chose de cette donnée dans notre fabliau : *De la reine qui tua son sénéchal,* dans la ballade écossaise de Cospatrick, et dans quelques autres fictions. Dans le roman d'Artus de Bretagne, la belle Jehannette, comme Elflide, comme Brangien dans le roman de Tristan, comme Alise dans *Berthe au grand pied*, comme la suivante de la huitième femme de Cospatrick, comme la complaisante cousine du fabliau : *De la reine qui tua son senechal,* remplace Pérone pour une première nuit de noces. Elle reçoit d'Artus de Bretagne l'acte de douaire et l'anneau que celui-ci destinait à Pérone. Grâce à cet acte et à cet anneau, Jehannette se fait plus tard reconnaître de celui dont elle était devenue l'épouse par supercherie.

Un épisode historique non moins étrange que l'histoire d'Elflide a peut-être été mis à contribution par les vieux romanciers. Don Pedro II, comte de Barcelonne et roi d'Aragon, épousa Marie, fille de Guillaume, seigneur de Montpellier; mais il conçut pour elle une telle aversion qu'il sollicita de Rome — sans succès toutefois — la rupture de son mariage. Un jour, qu'il était allé chasser aux environs de Montpellier, il fut engagé à se trouver à un rendez-vous par une dame inconnue. Il s'y rendit. La dame mystérieuse n'était autre que Marie; elle fit appeler des témoins et ceux-ci constatèrent le rapprochement des époux. Cette aventure, qui a fourni à Caldéron le sujet d'une comédie: *Gustos y digustos no son mas que imaginacion,* fait vaguement souvenir des contes que les rabbins ont débité sur la naissance de David. Ils prétendent que sa mére, négligée par son époux, prit la place d'une suivante que celui-ci fatiguait de ses poursuites. Cette fable rappelle un peu le début du conte que Lafontaine a intitulé les *Quiproquo,* conte qui a été redit par Poggio, Sachetti, la reine de Navarre, Guicciardini, dans les *Amants heureux,* les *Passe-temps agréables*, le fabliau du *Meunier d'Aleus* et une poésie bretonne, la *Femme du meunier.* Quant à l'anecdote sur Pedro II, comte de Barcelonne, elle pourrait bien avoir donné à Boccace l'idée de la nouvelle de *Gilette de Narbonne,* dont Shakespeare, a fait son drame de *Tout est bien qui finit bien.* Il y a aussi des rapports entre les aventures de Gilette de Narbonne et celles de Nonna narrées dans la septiéme nouvelle de la IXe journée des *Ecatommiti.* Enfin le *Livre du très-chevaleureux comte d'Artois* présente encore une intrigue à peu prés pareille. Le comte d'Artois quitte sa femme dont il n'a pas d'enfants, avec serment de ne plus revenir prés d'elle à moins que, sans qu'il s'en doutât, elle ne devînt grosse de lui et qu'elle ne reçût en présent sa bague et son bon cheval. La comtesse, déguisée en homme, rejoint son mari et le sert en qualité d'écuyer. Elle le trouve trés-amoureux d'une princesse de Castille et réussit dans plusieurs entrevues à être prise pour cette princesse. Bientôt la première condition imposée par le comte se trouve remplie, et comme écuyer fidèle, comme confident des amours de son maître, le faux varlet obtient en cadeau le bon cheval et la bague du comte d'Artois.

M. F. Michel a publié un roman qui semble se rattacher à

cette donnée. C'est celui du roi Florès et de la belle Jehanne. Cette belle Jehanne fut mariée par son père, riche seigneur du Hainaut, à un gentilhomme du nom de Robert. Ce Robert avait fait le vœu un peu imprudent de se rendre en pèlerinage à Saint-Jacques aussitôt que la messe de mariage aurait été célébrée. Un chevalier, appelé Raoul, prétendit que s'il abandonnait ainsi sa femme, il pourrait lui en mésadvenir, et se vanta que les mésaventures qu'il pronostiquait arriveraient par sa propre intervention. Robert, confiant dans la vertu de sa femme, offrit de parier ses terres contre celles de Raoul qu'il n'en serait rien. La gageure fut tenue et Raoul eut bientôt à regretter les paroles qu'il avait prononcées. Désespérant de gagner son pari, il mit dans ses intérêts une vieille qui était attachée au service de Jehanne. Cette vieille fit tant que Raoul put voir Jehanne dans son bain et remarquer un petit signe dont l'indication devait suffire pour lui assurer le gain de sa gageure. Il ne s'était pas trompé. Robert, à son retour, trouva cette révélation telle qu'il repartit aussitôt. Sa malheureuse femme, prenant un vêtement d'homme, se mit à sa recherche, arriva à Paris et rejoignit Robert près d'Orléans. Celui-ci causa avec elle sans la reconnaître, et elle s'attacha à lui sous le nom de Jehan. Leurs ressources pécuniaires furent assez vite épuisées, et à Marseille Jehan proposa à Robert de recourir au talent particulier qu'il avait pour faire le pain. Les *pains français* de Jehan eurent un tel succès que les deux compagnons purent ouvrir un hôtel qui fut le plus fréquenté de la ville. Parmi les hôtes qui vinrent y loger fut ce méchant Raoul dont Jehanne avait tant à se plaindre. Dans une grave maladie, il avait avoué son crime à son chapelain et reçut comme pénitence l'ordre de se rendre à Jérusalem et d'avouer à tous ceux qui s'en enquéreraient le motif de son voyage. Le faux Jehan reconnut bien son persécuteur, mais cette reconnaissance n'amena aucun résultat. Il y avait environ six ans que les deux époux étaient à Marseille, lorsque Jehanne, que Robert croyait toujours être Jehan, persuada à son mari de retourner dans le Hainaut.

Le beau-père de Robert fut charmé d'apprendre le retour de son gendre et fort contristé de le voir revenir sans sa femme, car il supposait qu'elle l'avait rejoint; il reçut néanmoins Robert avec de grandes démonstrations de joie et donna en son honneur des fêtes auxquelles Raoul, de retour de son pèlerinage, osa prendre part. Le faux Jehan accusa alors hautement le perfide Raoul de calomnie et demanda à soutenir son assertion par les armes; mais Robert réclama pour lui-même le droit de combattre le félon chevalier. On se prépara de part et d'autre au jugement de Dieu. Pendant ces apprêts, le prétendu Jehan disparut, au grand regret de son compagnon qui se désolait d'avoir perdu un si fidèle écuyer. Jehanne avait trouvé un asile chez une de ses cousines à qui elle s'était confiée. Elle s'y faisait faire de belles robes et par mille soins cherchait à rendre à sa beauté tout son éclat. Le jour du combat arriva enfin. Raoul, vaincu, confessa sa lâcheté et racheta sa vie par la promesse d'aller pour jamais outre-mer. Robert recouvra sa terre, qu'il avait risquée un peu imprudemment, et sa femme qui, éclatante de toilette et d'attraits, fut amenée par la cousine dont elle avait fait sa confidente. Les deux époux jouirent d'un bonheur qui avait été bien retardé. Au bout de dix ans, Robert mourut en laissant sa veuve désolée mais non inconsolable, car — les héroïnes de ces heureux temps ne vieillissaient pas — elle finit par épouser un roi Florés que je n'ai pas encore nommé, mais dont le vieil auteur a mêlé l'histoire d'ailleurs peu intéressante au récit très attachant et très gracieusement écrit dont je n'ai donné qu'une pâle analyse.

Les aventures de la belle Jehanne offrent de très grandes ressemblances avec la nouvelle IX de la seconde journée du *Décameron*, nouvelle que Timoneda imita dans le *Patrañuelo*[1]; avec le beau roman de la *Violette*, abrégé par Tressan

---

[1] Patraña. XIV.

sous le titre de *Gérard de Nevers,* et avec une aventure que Holinshed a racontée dans ses chroniques. Shakespeare a écrit *Cymbeline* sur ce sujet, dont on retrouve encore quelques traces dans une jolie tradition allemande. Un chevalier du pays messin est pris par les Sarrasins ; il est mis au nombre des esclaves du sultan et employé aux plus rudes travaux. Au grand étonnement de tous ceux qui le voient, ces travaux n'altérent pas la propreté d'une camisole blanche dont il est toujours couvert. Interrogé au sujet de cette camisole, il répond que c'est l'œuvre de sa femme ; qu'elle est le symbolé de la fidélité de cette épouse bien-aimée, et que rien ne saurait la ternir. Le sultan, aussi méfiant que son collègue des *Mille et une Nuits*, voulut savoir à quoi s'en tenir sur la constance dont on lui parlait. Il envoya à Metz un jeune et beau seigneur avec la mission de ne rien négliger pour faire trébucher la vertu tant prònée. Mais le Sarrasin échoua complétement, et la femme, objet de ses tentatives, prenant un habit de pélerin et une harpe, s'en vint elle-même en Syrie. Elle arriva dans le lieu où résidait son mari, pénétra dans le palais et chanta avec tant d'art et de goût que le sultan ravi promit de lui accorder tout ce qu'elle lui demanderait. Comme on le pense bien, elle sollicita la liberté d'un prisonnier, désigna son mari et sans se faire reconnaître se mit en chemin avec lui. Après un long voyage, et lorsqu'ils furent à peu de distance de Metz, elle quitta le chevalier en le priant de lui accorder un morceau de la camisole blanche. Le chevalier ne put refuser ce présent à la personne à qui il devait d'être libre, et le prétendu pélerin, prenant un chemin plus court, arriva à Metz et y revêtit les habits de son sexe. Lorsque le chevalier rentra dans sa ville natale, sa femme le reçut avec toutes les démonstrations de la joie et de la surprise. Cependant certains propos troublent le voyageur : on lui raconte que pendant bien longtemps sa femme a été absente ; il la somme, en présence de ses parents et de ses amis, d'expliquer sa conduite ; elle sort un instant et revient couverte de son costume de pèlerin, tenant d'une main sa harpe, de l'autre le morceau de la camisole blanche. — Les Allemands ont aussi une ancienne ballade sur ce sujet [1] qui pourrait bien être venu de l'Inde.

Dans le recueil intitulé *Vrihat-Kathâ,* un marchand, Gubaséna, est sur le point de partir pour un voyage. Sa femme et lui ont mutuellement des craintes sur leur fidélité. Le dieu Siva, qu'ils invoquent, leur remet à chacun un lotus qui doit conserver sa fraîcheur tant que les époux demeureront fidèles. Le marchand s'éloigne. Dans un banquet, quatre jeunes gens finissent par apprendre pourquoi la fleur de lotus que porte le marchand conserve son éclat. Ils veulent séduire la femme du négociant et vont la trouver. Elle feint de les écouter avec plaisir, les endort à l'aide d'un narcotique, leur fait imprimer une marque sur le front et, vêtue d'habits d'homme, se met à la recherche de son mari. Elle le trouve ainsi que les jeunes gens qui ont rejoint celui-ci, porte plainte contre les quatre séducteurs qu'elle prétend être des esclaves fugitifs, et allègue comme preuve la marque qu'ils ont sur le front. La jeune femme raconte ensuite son histoire au roi, et les jeunes gens sont condamnés à payer une forte rançon. C'est de ce vieux conte que provient aussi un des plus jolis proverbes de Musset : *La Quenouille de Barberine.* Avant d'arriver jusqu'à lui, ce sujet fut encore traité dans les *Gesta Romanorum,* où il s'agit d'une chemise d'une entière blancheur, comme dans la tradition allemande, et par Senecé dans sa nouvelle en vers : *Filer le parfait amour.*

Un auteur espagnol du seizième siècle, que j'ai déjà nommé tout à l'heure, Timoneda, a raconté une anecdote qui autrefois paraît avoir joui d'un grand succès. Un roi voulant ôter à un certain abbé son abbaye le fit venir et lui dit : « Mon révérend père, j'ai été informé que vous n'êtes pas aussi savant qu'il convient à vos fonctions, et pour obéir à ma

---

[1] *Chants populaires de l'Allemagne.* Le Comte, p. 22.

conscience et dignement remplir ma charge de roi, je vais vous adresser trois demandes. Si vous y répondez bien, je considérerai comme menteurs ceux qui ont mal parlé de vous. La première chose que je veux que vous me disiez c'est ce que je vaux, la seconde où est le milieu du monde, et la troisième ce que je pense. Pour que vous ne croyiez pas que je veux trop vous presser, je vous donne un mois pour répondre à mes questions. »

L'abbé, revenu dans son monastère, eut beau consulter tous ses livres, les trois demandes restaient sans réponse et l'agitation du pauvre homme devint telle qu'elle frappa jusqu'au cuisinier du couvent. Celui-ci finit par savoir ce qui la causait et persuada à l'abbé de lui laisser le soin de répondre au roi. Couvert d'un froc, une barbe postiche au menton, le cuisinier fut introduit près du prince. « Vous m'avez, lui dit-il, demandé combien vous valez: vingt-neuf deniers puisque le Christ ne fut vendu que trente. Vous voulez que je vous dise où est le milieu du monde: à l'endroit où votre altesse a ses deux pieds; le monde étant rond comme une boule, vos pieds posent au milieu, on ne peut le nier. Enfin je réponds à votre troisième question, je dois vous dire ce que vous pensez: vous pensez que vous parlez à l'abbé et vous vous trompez car vous parlez à son cuisinier. Je suffisais pour répondre à des demandes si faciles, elles étaient trop au-dessous de monseigneur l'abbé. » Le roi, charmé de l'esprit de cet homme, lui fit toutes sortes de biens et laissa l'abbé en repos.

On lit une anecdote presque entièrement semblable dans les nouvelles de Sachetti (nov. IV) qui remontent au quatorzième siècle. Cette facétie est très populaire en Allemagne et dans la Lorraine allemande. Burger n'a pas dédaigné d'en faire une ballade : *Der Kaiser und der Abt,* et le recueil de Percy renferme une ballade anglaise sur le même sujet. Le prince Calaf dans *les Mille et un Jours* fait à la belle Tourandocte une réponse subtile dans le genre de celle du cuisinier de l'abbé. Comme la fille d'Antiochus, dans le

Roman d'Apollonius, cette Tourandocte avait envoyé à la mort quantité de malheureux amants qui n'avaient pu deviner ses énigmes. C'est cette terrible et séduisante princesse que Gozzi a prise pour héroïne d'une de ses étranges comédies.

Odin avait près de lui la tête embaumée du sage Mimer qui lui donnait des conseils. Le Virgile inventé par le moyen âge avait aussi une tête enchantée d'après les avis de laquelle il aimait à se conduire. Dans notre roman de Valentin et Orson c'est encore une tête enchantée qui révèle aux deux héros leur illustre origine. On retrouve cette idée dans *Don Quijote*, et le lecteur se souviendra en outre de l'*Androïde* d'Albert-le-Grand et de la *Tête d'airain* de Bacon.

Firouz-Schah, dans les *Mille et une Nuits*, enlève sur un cheval enchanté la princesse de Perse. Dans *Valentin et Orson* le cheval de Pacolet sert de même à enlever la belle Claremonde. L'histoire de Cléomadès, quantité d'autres fictions offrent des épisodes identiques. Tous ces coursiers aériens qui suivirent les traces de Pégase, précédèrent dans les airs l'hippogriphe de l'Arioste.

Dans l'*Image du monde* il est parlé d'un jardin merveilleux qui était l'œuvre de Virgile et qu'entourait une invisible muraille. Cette muraille rappelle un épisode de la vie de l'enchanteur Merlin. Il était fort épris de la belle Viviane dans le château de laquelle il oubliait et le roi Artus et la Table Ronde. Viviane craignait cependant de le voir s'éloigner d'elle ; elle lui dit un jour : « Beau douls amy je veux que vous m'enseigniez comme je pourrais un homme enclore et enserrer sans murs, sans fers, sans tours, mais que jamais ne yssit sans mon vouloir. » Le magicien comprit bien que ces paroles le concernaient, mais comme déjà il se trouvait tout naturellement retenu par Viviane il ne vit pas d'inconvénients à lui révéler le secret qu'elle lui demandait ; elle en profita pour entourer son château d'un obstacle invisible. Dans le *Roman d'Eric et d'Enide*, il est aussi parlé d'un jardin que ceignait une muraille de même nature. C'est là qu'étaient enchantés le géant Mabonograin et sa maîtresse.

A Rome, Virgile avait créé un édifice où chaque peuple était représenté par une statue. Si une nation songeait à se soulever, la statue de cette nation s'agitait aussitôt et faisait retentir une sonnette pendue à son cou. On peut voir dans les *Contes de l'Alhambra* que le sage Ibrahim fit présent au roi Haben-Habuz d'un talisman à peu près pareil. Dans le roman de Cléomadès, il est question d'une statue d'or qui embouchait une trompette s'il se machinait une trahison à cent toises de distance.

Virgile alla un jour visiter le roi Artus. Celui-ci venait de découvrir qu'entre Lancelot et Genièvre s'était déjà passée la tendre scène dont la lecture fut si fatale à Françoise de Rimini. Artus était fort triste de sa découverte. Pour le consoler, Virgile construisit sur la Tamise un pont magnifique au milieu duquel s'élevait une tour portant une cloche. Le roi arrive avec sa cour, Virgile sonne la cloche, les personnes qui sont sur le pont tombent de tous côtés. Celui dont la vie aurait été d'une pureté irréprochable, aurait pu seul rester debout. Artus ne put retenir un éclat de rire et prit son parti. Cette idée a inspiré le conte de *Court mantel,* de ce manteau dont le raccourcissement ou l'allongement indiquait le degré de vertu de la personne qui s'en revêtait. C'est une propriété semblable qu'avait aussi le cornet à boire que fabriqua la fée Morgane, cette coupe enchantée que plus tard l'Arioste passa à La Fontaine.

A propos des reconnaissances de frères et de sœurs, si fréquentes dans la poésie populaire, j'ai cité le *Lai du Frène* de Marie de France. La ballade écossaise de lord Thomas et de la gentille Annie doit avoir la même origine que ce lai. Là il s'agit aussi de la reconnaissance de deux sœurs dont l'une devient la femme d'un chevalier dont l'autre avait été la maîtresse. — Une ballade anglaise, *Childe-Waters*, a été certainement inspirée par la touchante histoire de Griselidis. Je n'énumérerai pas toutes les imitations qui furent faites de ce conte, le chef-d'œuvre de Boccace, je dirai seulement que

Pétrarque le traduisit en latin, et que Timoneda l'inséra dans son Patrañuelo.

Notre fabliau : *Du Bourgeois d'Abbeville, Alias la housse coupée en deux*, a fourni à l'Allemagne une ballade que je vais traduire.

LE QUATRIÈME COMMANDEMENT.

« Au pays de France il y avait un vieux roi ; il donna le pays et le royaume à son fils.

C'était par la faiblesse de l'âge qu'il s'était dépouillé. Son fils lui fait de belles promesses : « Je prendrai soin de vous. »

Le fils choisit bientôt une belle femme à qui son père était à charge. Elle disait en se plaignant :

« Le vieillard tousse toujours, il me dégoûte à table, il m'ôte l'appétit et me coupe la parole. »

Le fils faisait la volonté de sa femme, il mit coucher son père sous un escalier.

On lui fit un lit avec de la paille et du foin, il y passa comme un chien bien des années.

La reine accoucha d'un fils, c'était un noble jeune homme (*ein stolzer Degen*), et il avait un cœur pieux.

Quand il connut les choses, il portait à toute heure à son grand-père à boire et à manger, tout ce qu'il pouvait trouver.

L'aïeul lui demanda un jour une vieille couverture de cheval pour se garantir du froid où il était ; le bon jeune homme courut aussitôt.

Il va dans l'écurie ; là il y avait une bonne couverture, il la prit au cheval et la déchira avec colère.

Son père lui demanda ce que la couverture lui avait fait. — J'en porte la moitié, lui dit-il, à ton père dans son lit.

Je garde l'autre moitié pour toi quand tu reposeras dans l'endroit où tu as relégué ton vieux père. »

Ce conte a eu beaucoup de succés. On le rencontre avec des variantes dans le *Novelliero Italiano* (t. III), dans les *Abeilles* de Thomas Cantimpré, dans le *Doctrinal de Sapience*, les *Contes de Grimm*, les *Fables* de l'abbé Lemonier et les *Fabliaux* d'Imbert qui imita directement le *Bourgeois d'Abbeville*.

Deux anciens ouvrages espagnols, *El libro de los Castigos*, de Sanche-le-Brave, et *El libro de los enxemplos*, renferment une légende que j'emprunte au premier de ces livres :

« Il arriva qu'un chevalier était venu à une très-grande pauvreté par suite des grandes dépenses qu'il avait faites par orgueil mondain. Honteux de sa misère, il s'éloigna secrètement de son pays. Il rencontra le diable qui s'en venait sous la forme d'un homme à cheval et qui lui demanda la cause de sa tristesse. Et le chevalier lui raconta toutes ses affaires. L'ennemi de la race humaine lui dit : « Si tu me promets de m'amener ta femme à un jour indiqué, je te rendrai assez de richesses pour que tu te retrouves dans ton premier état. » Et le chevalier le lui promit. Et cela faisait le diable parce qu'il avait grande colère de la dévotion que la noble dame avait en la Vierge Marie et du service qu'elle lui faisait nuit et jour et qu'il désirait la faire cheoir en quelque erreur ou péril. Le chevalier revenu chez lui creusa la terre où le diable lui avait recommandé de le faire et là il trouva un grand trésor. Et comme s'approchait le jour où il avait promis d'aller avec sa femme au lieu indiqué, il monta sur son cheval et il appela la dame pour qu'elle se mît en croupe. Elle, étonnée et un peu inquiète de cette chose, fit le signe de la croix, se recommanda à la Vierge sainte Marie et fit ce que son mari lui ordonnait. Tous deux, chemin faisant, arrivèrent à une église, et la noble dame pria son mari qu'il la laissât descendre pour faire son oraison. Et entrée dans l'église tandis que son mari était resté dehors, elle s'agenouilla devant l'image de la Vierge Marie, et faisant son oraison elle s'endormit et la benoîte Dame prenant l'apparence de la femme du gentilhomme sortit de l'église et monta à cheval; et le chevalier pensant que c'était sa femme ils se mirent en chemin. Et comme ils arrivèrent à l'endroit convenu, le chevalier vit une grande host de démons qui se réjouissaient de sa venue; mais quand il s'approcha d'eux ils commencèrent à se troubler et ils dirent : « O méchant! ô trompeur! pour le bien que nous t'avons fait quel mauvais guerdon tu nous apportes! Tu nous avais promis d'amener ta femme et tu nous amènes la Mère de Dieu. » Et le chevalier, effrayé de leur aspect et de leurs discours, tourna la tête vers sa femme et point ne la vit. Et étant en grande crainte et ne sachant que faire il ouït les paroles de sa dame souveraine laquelle disait aux démons: « Allez maudits, au feu perdurable de l'enfer. » Et incontinent en jetant de grands cris ils disparurent, et la Reine de consolation reconfortant le chevalier, lui dit : « Retourne chercher ta femme que tu trouveras dormant dans l'église où elle s'est arrêtée pour faire ses oraisons, et rentre chez toi, et les richesses que le diable t'a procurées jettes-les loin de toi, car elles proviennent de mauvaise part et Dieu vous aidera. « Et le chevalier fit ainsi, et retournant à l'église il y trouva sa femme dormant, et il la réveilla et il lui conta ce qui lui était arrivé, et tous deux d'un même cœur rendirent grâce à Dieu et à la Vierge Sainte Marie qui les avait préservés d'un si grand péril. »

Cette légende a passé pour ainsi dire mot à mot dans poésie populaire allemande :

« Un chevalier était tombé en grande pauvreté; il avait mangé tout son bien ; c'est ce que nous avons appris. Sa pauvreté était telle qu'il voulait se tuer.

» Un jour qu'il chevauchait à travers la forêt, le diable se trouva sur son chemin ; il en eut voulu deux. Le diable dit : Veux-tu m'aider afin que je t'aide aussi ?

» Si tu veux me donner ta dame, je te ferai avoir du bien en caisse et en coffre, etc., etc. »

Il est inutile de continuer une citation qui ne serait qu'une répétition et je préfère traduire une autre ballade allemande que l'on retrouve chez presque tous les peuples du nord :

LES DEUX ENFANTS DE ROI.

« Il y avait deux enfants de roi, tous les deux s'aimaient, ils ne pouvaient être ensemble parce que l'eau était trop profonde.

—Ah ! cher amour, sais-tu nager ? alors nage vers moi, j'allumerai trois petites bougies elles pourront t'éclairer.

Il y avait là une méchante nonne, elle faisait comme si elle dormait, elle éteignit les trois bougies, le jeune homme tomba au fond de l'eau.

— Ah ! mère, ma chère mère, comme la tête me fait mal ! ne pourrais-je quelques instants me promener le long du lac ?

— Ah ! fille, ma chère fille, tu ne peux aller toute seule, réveille ta jeune sœur et prends-la avec toi.

— Ah! mère, ma chère mère, ma sœur est encore une enfant, elle cueille toutes les fleurs qui sont dans la verte forêt.

Ah! mère, ma chère mère comme la tête me fait mal ne pourrais-je quelques instants me promener le long du lac?

— Ah! fille, ma chère fille, tu ne peux aller toute seule, réveille ton jeune frère et prends-le avec toi.

— Ah! mère, ma chère mère, mon frère est encore un enfant, il court après tous les lièvres qui sont dans la verte forêt.

La mère alla dormir, la fille sortit; elle marcha longtemps avant de trouver un pêcheur.

Elle vit le pêcheur qui pêchait : Si tu veux en récompense de l'or rouge, pêche-moi un mort, c'est un fils de roi.

Le pêcheur pêcha longtemps avant de trouver le mort, il le saisit par les cheveux et le traîna à terre.

Elle le prit dans ses bras et l'embrassa sur la bouche.

— Adieu, mon père et ma mère, nous ne nous reverrons jamais plus. »

Cette ballade, dont on a plusieurs rédactions allemandes, est répandue en Suède, en Danemarck et en Hollande. On retrouve aussi dans ces diverses contrées plusieurs autres données des chants germaniques; ainsi en Hollande on connaît la ballade *Épreuve d'amour,* que j'ai citée quand, à propos des romances espagnols, j'ai eu à indiquer les nombreux morceaux de la poésie populaire dans lesquels un amant se présente, après une longue absence, devant celle qu'il aime, n'en est pas d'abord reconnu et cherche à éprouver la constance de sa maîtresse en se calomniant soi-même.

Il y a comme un écho des *Deux enfants de roi* dans un chant populaire de la Normandie : l'*Anneau d'or*. Une belle a laissé tomber dans la mer son anneau d'or, un galant se précipite dans les flots pour l'y chercher et se noie :

Faut-il pour une fille,
Vogue beau marinier, vogue,
Que tu te sois noyé,
Vogue beau marinier.

Prêtez-moi votre dague,
Vogue beau marinier, vogue,
Pour couper mon lacet,
Vogue beau marinier,

Et quand elle eut la dague,
Vogue beau marinier, vogue,
Au cœur s'en est donné,
Vogue beau marinier.

Le chant populaire dont je viens de donner les derniers vers a un lien de parenté avec les autres chansons de mariniers que l'on retrouve en Normandie, en Catalogne, dans le nord de l'Italie, et dont j'ai longuement parlé ailleurs. Depuis que je me suis occupé de ces chants, j'ai remarqué qu'il existait certains rapports entre plusieurs d'entre eux et le commencement d'un conte populaire allemand : *Le fidèle Jean*. Il s'agit ici d'une princesse qui, comme la belle Hélène du romance castillan veut voir la riche cargaison d'un navire; elle y monte, et tandis qu'elle considère les objets qui sont mis sous ses yeux, le vaisseau s'éloigne. Lorsqu'elle s'en aperçoit elle est en pleine mer et se désole d'être tombée au pouvoir d'un marchand. « Je ne suis pas marchand, lui répond son ravisseur, je suis roi et d'une aussi bonne famille que la vôtre. » C'est la donnée du chant piémontais *Il marinero,* du chant catalan *El marinero*, et d'une ballade suédoise *Le petit batelier* [1].

Un chant grec dans lequel est racontée la triste mort de deux amants se termine ainsi :

« On les mit dans une même fosse sur un oreiller. La jeune fille devint un roseau, le jeune homme un cyprès. Le vent agite le roseau et caresse le cyprès : ils ne s'embrassèrent pas vivants, morts ils s'embrassent. »

---

[1] V. *Vieux auteurs castillans*, t. II, p. 405 et 408.

Plusieurs autres chants de la Grèce qu'on peut lire, soit dans le recueil de Tommaseo, soit dans celui de M. de Marcellus, ont à peu prés cette conclusion que nous allons signaler encore dans bien des inspirations de la muse populaire.

Le romance portugais : *O conde Nillo,* offre aussi le récit d'amours contrariés. Les amants périssent, de la tombe de de l'un s'éléve un cyprés, de celle de l'autre un oranger. Les arbustes mêlent leurs feuillages. Le persécuteur des deux amants fait couper le cyprés et l'oranger ; ils répandent du sang, le sang de l'un produit un pigeon, le sang de l'autre une colombe :

Nem na vida, nem na morte
Nunca os pude separar.

« Ni dans la vie, ni dans la mort il ne put jamais les séparer. »

Un autre romance portuguais : *A Peregrina,* a un dénoûment du même genre. Sur la tombe de l'un des amants croît un pin, sur celle de l'autre un roseau.

Dans un romance catalan que j'ai analysé et qui fournit un épisode à la longue histoire des maris qui reviennent au moment où ils sont presque oubliés, Don Luis arrive à l'instant où sa femme va se remarier ; elle reconnait son époux à ses chants. Celui qui allait l'épouser la fait périr avec son premier mari. Du tombeau de l'un sort une colombe, de l'autre un pigeon.

De l'un surt una colomba, de l'altra un colom vola.

Dans un chant populaire suédois, Adeline est placée dans le même tombeau que son amant, le roi Helleborg :

« Sur leurs tombes croissent deux arbres, les branches de l'un embrassent celles de l'autre. »

Un chant normand raconte la triste histoire de deux

jeunes mariés qui, le jour de leurs noces, tombent morts en dansant :

Et les gens de la noce dirent quell' triste noce.
Sur la tomb' du garçon on y mit une épine
Sur la tomb' de la belle on y mit une olive;
L'épine crut si haut qu'elle embrassa l'olive.
On en tira du bois pour bâtir des églises.

La ballade écossaise de Douglas finit de cette manière :

« Messire William fut enterré dans l'église de Sainte Marie, dame Marguerite dans le chœur de Sainte Marie. Sur le tombeau de la dame crut un joli rosier rouge, sur celui du chevalier un bel églantier. Ils se rencontrèrent et s'entrelacèrent, toujours ils voulaient se mêler et tout le monde pouvait bien connaître qu'ils étaient deux fidèles amants.

» Mais voici venir le noir Douglas, terrible et rude. Il est venu, il arrache le bel églantier et le jette dans le lac de Sainte-Marie. »

Un autre chant écossais, *le Prince Robert,* a une conclusion identique :

« Le prince fut enterré dans l'église Notre-Dame et sa femme aussi. Un bouleau sortit de la tombe du prince et un églantier de celle de sa femme. Et ils se joignent tous deux. Le bouleau et l'églantier tous deux s'entrelacent et par là vous pouvez voir qu'ils étaient deux tendres amants. »

Tous ces dénouements proviennent sans doute du célèbre roman d'Yseult et de Tristan :

« De la tumbe de Tristan yssoit une belle verte feuillue qui alloit par la chapelle et descendoit le bout de la ronce sur la tumbe d'Iseult et entroit dedans. »

Le roi de Cornouailles la fit couper.

« Le lendemain estoit aussi belle comme elle avoit ci-devant esté et ce miracle estoit sur Tristan et sur Iseult à tout jamais advenir. »

Ce dénouement de Tristan n'est peut-être lui-même qu'un vague souvenir des métamorphoses mythologiques. On remarque dans beaucoup de traditions du moyen âge des réminiscences du paganisme. Vénus, Mercure, Bacchus, singulièrement modifiés à la vérité, reparaissent dans plus d'un vieux conte germanique. C'est sur cet intéressant sujet que, dans son livre *de l'Allemagne*, Henri Heine a écrit le curieux chapitre intitulé : *Les dieux en exil.*

De nombreuses citations m'ont bien éloigné de la Grèce. j'y reviens un instant pour emprunter à M. de Marcellus le commencement du *Chant de l'enfance :*

« Il était un vieillard, lequel avait un coq qui chantait et réveillait le vieillard solitaire.

» Survint un renard, lequel mangea le coq qui chantait et réveillait le vieillard solitaire.

» Survint le chien, lequel mangea le renard qui avait mangé le coq qui chantait et réveillait le vieillard solitaire.

» Le bâton tombe et tue le chien lequel avait mangé le renard qui avait mangé le coq, etc., etc. »

Beaucoup de mes lecteurs ont sans doute, dans leur enfance, entendu répéter une série d'accidents à peu près pareille. Comment ce chant grec est-il arrivé aux nourrices françaises?

Quelques chroniqueurs racontent que la mère de Sancho, comte de Castille et fils de Garci Fernandez, était devenue passionnément éprise d'un More, qu'elle voulait l'épouser, et que sachant bien que son fils s'opposerait à cette union, elle résolut de l'empoisonner. Sancho averti des projets de sa mère, la força à vider la coupe qu'elle lui apporta elle-même comme il revenait de la chasse, et lui donna ainsi la triste fin dont il était menacé. Ce lugubre épisode, qui semble renouvelé de l'antique histoire de Gryphus et de Cléopâtre et qui n'est pas sans quelque point de contact avec les crimes de Rosemonde, fait souvenir d'une nouvelle du *Pecorone* de

Giovanni Fiorentino. Dans cette nouvelle, une belle-mère ordonne de préparer une boisson empoisonnée pour son beau-fils, qui n'a pas voulu répondre à son coupable amour. Par erreur, c'est son propre fils qui avale le breuvage. Elle accuse alors son beau-fils du crime ; mais celui qui avait fourni la boisson découvre la vérité et révèle à la fois que le prétendu poison n'était qu'un narcotique. On court au tombeau et l'enfant revient à la vie.

Les narcotiques ont joué un grand rôle dans les nouvelles italiennes. Je n'ai pas besoin de rappeler ici le touchant épisode de Roméo et Juliette, raconté tour à tour par Luigi da Porto et par Bandello. Je ne veux pas non plus citer toutes les aventures qui ont de la similitude avec la catastrophe immortalisée par Shakespeare. Je me contenterai de dire qu'avant que Florian écrivît *Valerie,* qu'avant que Gratien de Courtilz composât sa *Morte vive,* d'où M. Dumas a tiré son roman de *Silvandire,* Bandello, outre son histoire de Juliette, avait raconté celle de Pandolfo di Nero, Giraldi celle de Consalvo et d'Agata et qu'à Florence une rue était depuis longtemps nommée *Via della Morte* en souvenir de Ginevra Degl'Amieri dont l'*Osservatore Fiorentino* a perpétué le souvenir dans ces termes :

« Antonio Rondinelli devint amoureux de Ginevra des Amieri, mais il ne put l'obtenir de son père qui l'unit à Francesco Agolante, lequel était d'une illustre naissance. La douleur de Rondinelli n'est pas à décrire, celle de Ginevra ne fut pas moindre, et le mariage se fit contre son gré. Peu de jours après qu'il eut été conclu, elle fut prise d'un mal subit, produit soit par le désespoir, soit par quelque cause inconnue et elle resta comme sans vie. On la crut morte et elle fut ensevelie près de la tour du Dôme où était le caveau de sa famille. La nuit qui suivit cet assoupissement singulier, elle revint à elle, se rappela ce qui était arrivé et résolut de sortir de l'horrible lieu où elle se trouvait, elle se dégagea les pieds et les mains comme elle put, monta l'escalier du sépulcre et poussa la pierre du caveau, puis elle prit le chemin le plus court, c'est-à-dire la rue qui passe près de la Compagnie de la Miséricorde et qui depuis cette aventure a pris le nom de rue de la Mort; elle se dirigea ensuite vers la maison de son mari qui demeurait dans le Corso des Adimari, mais Agolante ne voulut pas la recevoir, la prenant pour un spectre ou pour l'âme de sa femme. Elle alla ensuite à la maison de son père située dans le vieux marché, derrière Saint-André, puis chez un de ses oncles, et partout elle fut repoussée de même. S'abandonnant à son désespoir, on dit qu'alors Ginevra se réfugia sous le Loggia di San Bartolomeo, n'attendant plus que la mort. Tout à coup, dans sa douleur, elle se souvint de son cher Rondinelli qu'elle avait toujours tenu pour fidèle; elle se traîna chez lui où elle fut si bien soignée et restaurée, qu'en peu de temps elle fut entièrement rétablie. »

L'*Observateur florentin* ajoute que l'Église rompit le premier mariage de Ginevra et lui permit d'épouser Rondinelli.

On lit dans la *Vie des plus célèbres et anciens troubadours*, de Jean de Nostredame, une autre histoire de femme ressuscitée qui présente beaucoup d'analogie avec celle de Roméo et Juliette. Guillaume Durand, navré de la mort de sa maîtresse, expire et est enterré le même jour qu'elle et près d'elle. Sa maîtresse, qui n'était qu'en léthargie, reprend tout à coup ses sens. C'est le magnifique dénouement de la nouvelle italienne.

Des récits de ce genre ont été naturalisés partout, et il est certain qu'ils ont eu souvent pour but des événements véritables. Ainsi Bayle raconte qu'au seizième siècle une dame de Rochechouart fut ensevelie comme morte et qu'un de ses domestiques étant descendu dans son caveau pour lui voler une bague, la trouva vivante. Cette pauvre femme revint en parfaite santé et eut depuis plusieurs enfants. On pourrait citer bien d'autres faits de cette nature.

Dans les *Poésies populaires de la Lorraine*, des stances qui semblent un écho de l'école de Ronsard, sont consacrées au chevalier de Richiecourt qui, depuis quatre ans prisonnier des Turcs, invoqua saint Nicolas avec tant de foi que pendant son sommeil il fut ramené dans sa patrie :

Léger il est porté dedans le bourg du Port,
O transport inouï qui tout esprit transporte !

Il en advint autant à bien d'autres personnages. Elbert de Clervaux avait suivi Henri III, comte de Luxembourg, à la croisade entreprise par saint Louis. Il fut fait prisonnier par les Turcs qui le maltraitèrent tellement qu'il ne pouvait plus marcher sans béquilles. Le pauvre chevalier était captif depuis cinq longues années et il pensait avec bien de la douleur à sa bonne mère et à sa belle fiancée, Marie de Rosport. Un jour ses regrets furent plus vifs encore que de coutume, et il promit à la sainte Vierge que s'il revoyait le comté de Luxembourg, il y bâtirait une belle église. Le lendemain matin quand il se réveilla, Elbert reconnut autour de lui un petit bois qui formait le centre de son fief de Girst; ses béquilles et ses chaînes gisaient à ses pieds, il était sain et dispos. Pour comble de bonheur, le brave seigneur retrouva sa mère en bonne santé et sa fiancée fidèle. Il accomplit son vœu et fit construire une église dans laquelle on montre encore, comme pièce à l'appui de cette légende, un morceau de chaîne et une béquille. Marie de Rosport épousa Elbert et un long bonheur le dédommagea de tous les maux qu'il avait soufferts. Cette histoire ressemble beaucoup à celle de Henri-le-Lion et à celles de Bernard de Straeltlingen, du noble Mœringer, etc. Mais les aventures de ces derniers se relient en outre à une autre série d'épisodes que j'ai traités ailleurs, aux maris qui arrivent juste à point pour empêcher leurs femmes de leur donner un successeur.

Une chose assez singulière que je ferai remarquer puisque l'occasion s'en présente, c'est le rôle que le nombre sept joue dans ces histoires de maris absents. Le comte d'Irlos fait promettre à sa femme de l'attendre sept ans. Blanceflor a attendu son mari sept ans. Il en est de même dans trois autres chants populaires catalans le *Hijà del Mallorquin*, la *Vuelta del Pelegrino* et *don Guillermo*. Dans le chant breton du *Retour du Croisé*, comme dans le chant normand de *Germine*, dans le chant allemand de *Libesprobe*, dans la tradition du noble Mœringer, dans le romance asturien de Gerinaldo, dans la canzone piémontaise de la *Preuve d'amour*, une femme a été délaissée pendant sept ans. C'est pendant sept ans qu'a disparu le mineur tyrolien dont j'ai eu ailleurs à rappeler l'aventure. Ce nombre sept a, du reste, préoccupé tout le moyen âge. Au commencement des *Siete partidas* le savant Alfonse X a, par de doctes puérilités, prouvé toute l'importance de ce chiffre.

Une légende qu'on rencontre de divers côtés, c'est celle d'un chevalier captif et mis en liberté par une belle sarrazine. Il revient avec elle dans sa patrie où il a laissé sa femme, et épouse néanmoins sa libératrice, tout comme si la polygamie n'était pas un cas pendable. Souvent on montre au voyageur un tombeau sur lequel le héros prétendu de ces doubles amours est représenté entre ses deux femmes... mais la tradition se garde bien d'ajouter qu'il les épousa fort légalement l'une après l'autre. Dans le Berry on attribue à un baron de Culant, en Allemagne au comte de Gleichen et à bien d'autres personnages encore, une aventure de ce genre.

Une belle histoire de prisonnier, c'est celle de Richard-Cœur-de-Lion. Est-elle bien authentique? On peut en douter. C'est dans une chronique anglaise écrite seulement en 1455 et citée par Faucher que l'on raconte comment Blondel, déguisé en pèlerin, parcourut l'Allemagne à la recherche du vaillant roi Richard, de quelle manière il découvrit que l'on gardait un illustre prisonnier dans le château de Lowenstein, comment enfin, ayant chanté les premiers couplets d'une chanson composée avec son bon maître, il eut la joie d'entendre le captif terminer l'air commencé. Assuré du lieu où était Richard, Blondel retourna en Angleterre, y révéla la découverte qu'il avait faite, et une ambassade envoyée à l'empereur obtint que le roi serait remis en liberté moyennant rançon. Il y a un rapprochement à faire entre cet épisode et la captivité de Ferry III, duc de Lorraine, captivité sur laquelle un intéressant travail de M. Beaupré ne peut laisser de doute. Ce duc Ferry s'était, suivant les uns, attiré la haine de certains seigneurs pour avoir réprimé leur abus de pouvoir; suivant d'autres il avait inspiré une jalousie très justifiée à Adrian des Armoises. Un jour qu'il chassait dans les bois de Haye, il fut enveloppé par des conjurés qui, après lui avoir fait suivre de nombreux détours pour le dépayser, le conduisirent dans le château de Maxéville. Ferry y était prisonnier depuis cinq ans, et toutes les recherches de sa femme, Marguerite de Navarre, avaient été infructueuses, quand un orage ayant abîmé la toiture de la tour où il était enfermé, il devint indispensable de faire venir un couvreur. Ce couvreur, qui était de Nancy, se nommait Petit-Jehan. Le duc était fort aimé de son peuple et on avait composé sur son étrange disparition une sorte de complainte qui était très répandue. Tout en travaillant, Petit-Jehan se mit à chanter cette chanson. Le duc reconnut qu'il avait là un ami, parvint à entrer en communication avec lui et se fit reconnaître du couvreur auquel il remit son anneau. Aussitôt Petit-Jehan retourna à Nancy et avertit la duchesse et toute la cour de son heureuse découverte.

« Fut la dame Marguerite bien esbahie, et ne perdit temps li sire de Tillon qu'estoit sien gentil-homme et print quelques dix cavaliers qu'estoyent gens à main et loyaulx hommes et chevaulcherent en grande haste au dit Maxeville qui n'est loin de Nancy et fut li duc Ferry sorti di tour qui fut rasée a la mointance et li fief d'Andrian apprins et tombé par félonie. »

Ne serait-il pas possible que cette bizarre aventure eût fourni le récit de la chronique anglaise? Nous avons déjà vu bien des fictions, bien des traditions faire de plus longs trajets, et nous pouvons encore donner bien des exemples de la facilité avec laquelle les idées circulaient au moyen âge. En voici une nouvelle preuve :

Tout le monde connait la charmante légende de Fridolin, de ce joli page du comte de Saverne dont un envieux réussit à faire un objet de jalousie pour son maître. On se le rappelle, le comte ordonna à des forgerons de jeter dans une fournaise celui qui viendrait leur demander si ses ordres étaient exécutés. Fridolin, chargé de cette fatale commission, s'arrête en chemin pour entendre la messe, tandis que son accusateur impatient se rend à la forge pour savoir si la volonté du comte a été accomplie, ce qui lui vaut d'être précipité dans les flammes dont il pensait que le beau page était devenu la proie. Cette légende, que le chanoine Schmit a racontée aux enfants et dont Schiller a fait un petit poème *(Der sang nach dem Eisenhammer)*, remonte fort loin. D'après M. Loiseleur Deslongchamps elle a été racontée dans le *Roman des sept Vizirs,* production qui dérive de ce livre de Sendibad dont nos vieux auteurs ont fait le *Livre des Sept Sages* et *Dolopathos*, et dans une version anglaise des *Gesta Romanorum*. On la lit encore avec certaines variantes dans les *Eccatommiti* de Giraldi, dans le fabliau d'*Un Roi qui voulait faire brûler le fils de son sénéchal*, dans les *Cento novelle antiche*,— dans l'édition de Borghini et dans les autres éditions faites d'après celle-ci qui fut imprimé à Florence en 1572 et qui diffère de beaucoup du texte publié en 1525 et reproduit en 1825, texte où l'on ne trouve pas la nouvelle en question. — Enfin les agiographes de sainte Élisabeth, qui fut reine de Portugal à la fin du treizième siècle, racontent une anecdote semblable à l'histoire de Fridolin.

« Le pays des chimères est le seul en ce monde qui soit digne d'être habité, » disait J.-J. Rousseau. Celui qui inventa le pays de Cocagne était probablement de l'avis du philosophe genévois. Seulement il est probable que si ce dernier se fût amusé à décrire une contrée imaginaire, la gastronomie ou plutôt la bombance y eût occupé une moins large place. Le pays de Cocagne est le rêve d'une imagination vulgaire. Après s'être repu aux noces de Gamache, Sancho Pança aurait pu se figurer le pays de Cocagne. Du reste, au temps de Cervantes il était déjà découvert depuis longtemps. La plupart des langues de l'Europe ont fait mention du pays de Cocagne. En portugais c'est le *paiz de Cucanha,* en italien le *paese di Cuccagna.* En espagnol moderne le sens de ce mot est rendu par *tierra de pipiripao*, mais en vieux castillan c'est le mot *cucaña* qui était en usage, comme le prouvent deux passages de l'archiprêtre de Hita :

Del escolar goloso compañero de Cucaña...
Con et fueron las partes, concejo de Cucaña...

En Angleterre on parlait aussi du pays de Cokaigne. Quant aux Allemands, ils nommèrent ces heureuses régions *Schlaraffenland.* On lit dans le *Dictionnaire de Trévoux :* « Cocagne, ou plutôt Cocaigne, c'est le nom qu'on donne en Languedoc à un petit pain de pastel avant qu'il soit réduit en poudre et vendu aux teinturiers. On en fait un très grand trafic dans ce pays-là, et parce qu'il ne vient que dans les terres fertiles et qu'il rapporte un très grand profit à ses maîtres, vu qu'on en fait cinq ou six récoltes par an, quelques-uns ont nommé le Haut-Languedoc un pays de Cocagne, et c'est là-dessus qu'est fondée la fable du pays de Cocagne, de ce pays où les hommes vivent fort heureux sans rien faire. » Cette étymologie est certainement fort mauvaise, ce qui n'a pas empêché M. Napoléon Landais de la répéter dans son dictionnaire.

Il serait fort étrange que Français, Espagnols, Anglais, Italiens et Portugais eussent été emprunter la même expression aux petits pains de pastel du Languedoc, et cela à une époque reculée où il n'est pas prouvé que l'on fabriquait ces petits pains. Cocagne vient sans doute de *coquinare,* faire la cuisine, ou de *coquina,* et partout ce mot porte les traces d'une origine appartenant à ce que Montaigne appelait la science de la gueule. Un fabliau nous dépeint le pays de Cocagne comme étant l'empire de la bonne chère et des plaisirs matériels. Le vieux poëte raconte que le pape l'envoya faire pénitence sur une terre qui a été bénie de Dieu et qu'on nomme pays de Cocagne. Sur tous les chemins, dans toutes les rues étaient des tables dressées où l'on pouvait librement s'asseoir, des boutiques ouvertes où l'on prenait sans payer. Là coulait une rivière de vin, là régnait un printemps éternel, là point de belle Hélène *causa teterrima belli,* mais des beautés dont le mariage ne duraient qu'une lune de miel. Enfin dans cette ravissante contrée était la fameuse fontaine de Jouvence. Dans le *Decameron* (giornata VIII, novella III), Bruno et Buffalmaco persuadent à Calandrino qu'il existe une région, le Bengali dans laquelle on lie les vignes avec des saucisses, où l'on remarque une haute montagne de parmesan où coule un fleuve de vin blanc, le meilleur qu'on puisse boire et où il n'entre jamais une goutte d'eau, etc., etc.

Rabelais paraît s'être souvenu de quelques-unes de ces fictions dans ce qu'il dit des gastrolatres, et au chapitre XLII du livre V de Pentagruel. En 1651 on joua une farce *des Roulles bon temps de la haute et basse Cocagne.* En 1718, Legrand donna *le Roi de Cocagne*, pièce en trois actes et en vers, mêlée d'intermèdes, de chants et de danse dont Quinault fit la musique. Saint Brandaine — que j'ai déjà rappelé au commencement de ces pages — alla aussi à la découverte d'une espèce de pays de Cocagne, mais celui-là moins trivial et d'où il rapporta une cargaison de pierres précieuses. Cette île, découverte par le saint apocryphe, devint le rêve de quelques navigateurs. Fernan de Troyo et Fernan Alvarez se mirent en quête de *l'île qu'on ne trouve pas quand on la cherche* (quando se busca no se halla). Plus tard, d'autres aventuriers renouvelèrent cette entreprise. C'est peut-être saint Brandaine qui a fait découvrir l'Amérique. L'*Eldorado* de Candide est un pays de Cocagne philosophique. De nos jours on a inventé un pays de Cocagne socialiste, l'Icarie, et il y a longtemps que Thomas Morus a décrit un pays de Cocagne politique, le royaume d'Utopie.

Dans une légende allemande, il est question d'un moine qui s'effrayait de l'éternité, qui ne la comprenait pas. Un jour il aperçut un oiseau si joli qu'il se mit à le suivre. Après une poursuite qui lui sembla n'avoir duré qu'un quart d'heure, il voulut regagner son couvent; mais il eut beaucoup de peine à retrouver son chemin. D'énormes arbres s'élevaient là où croissaient des arbustes; dans le cimetière il remarqua quantité de tombes qu'il n'avait point vues auparavant et qui lui offraient des noms inconnus; enfin le personnage qui vint à sa rencontre lui apparaissait pour la première fois; il entra, et nul ne se souvenait de l'avoir vu; il se nomma et raconta son histoire. On alla alors chercher une sorte de chronique où l'on consignait tous les faits qui pouvaient intéresser l'abbaye: on y trouva qu'un moine, portant le nom que venait de prononcer le héros de cette légende, avait disparu et qu'on ne savait ce qu'il était devenu. Il y avait de cela trois cents ans. Pendant ces trois siècles Dieu avait transporté le moine dans l'éternité.

Dans le roman d'Ogier-le-Danois, on rencontre une situation semblable. Ogier passa deux cents ans près de la fée Morganne. Cet enchantement avait commencé sous le règne de Charlemagne, il se termina sous celui d'Hugues Capet. Que de changements s'étaient faits! Des scènes fort étranges et souvent très-plaisantes, mais que je soupçonne le comte de Tressan d'avoir un peu arrangées, sont amenées par cette longue disparition, et Ogier marche de quiproquo en quiproquo, de surprise en surprise.

Une légende que l'on trouve dans bien des villes, c'est celle d'un serpent, d'un dragon vaincu par un saint. À Metz, une troupe de serpents ailés habitaient les ruines de l'amphithéâtre et infectaient la ville de leur souffle empoisonné. Saint Clément s'avance à leur rencontre, jette son étole au cou du plus gros d'entre eux, l'entraîne ainsi jusqu'à la Seille, et lui ordonne de se retirer dans un lieu désert; il obéit, et tous les monstres le suivirent et disparurent avec lui. En souvenir de ce serpent appelé vulgairement le *Graouilly*, pendant plus de huit cents ans, aux processions de saint Marc et des Rogations, on porta l'effigie d'une sorte de serpent ailé dont Rabelais s'est souvenu au chapitre LIX du livre IV de Pantagruel.

A Rouen, au commencement du septième siècle, parut une *beste horrible et monstrueuse en forme de grand serpent et dragon* qui dévorait les hommes et les animaux. On l'appelait la *Gargouille*, l'archevêque de la ville, saint Romain, n'ayant pu trouver pour compagnon qu'un criminel qu'il avait fait sortir de prison, se rendit à la caverne du monstre : il s'approcha de la Gargouille, lui jeta son étole sur la tête et elle se laissa arrêter et conduire par le prisonnier jusqu'à la ville, où suivant les uns elle fut brûlée, où suivant les autres elle fut précipitée dans la Seine. Depuis cette époque jusqu'à la Révolution, le chapitre de la cathédrale se rendait le jour de l'Ascension à la prison et y grâciait un condamné. — Sainte Marthe, sœur de Marie-Madeleine, se retira à Tarascon avec sa servante Marcelle, et y apporta la foi chrétienne. Il y avait alors près du Rhône un dragon terrible, gros comme un taureau, portant une tête de lion et ouvrant une gueule hérissée de dents tranchantes comme des épées. Ce dragon, qu'on nommait la *Tarasque*, faisait des ravages énormes. Sainte Marthe touchée par les plaintes générales, alla au repaire de cette affreuse bête et lui jeta de l'eau bénite; à la première aspersion la Tarasque se tordit de rage, à la seconde elle tomba, et la sainte l'ayant garrottée avec sa ceinture ou sa jarretière (on n'est pas d'accord sur ce point), la livra au peuple qui la mit à mort. Aujourd'hui encore on célèbre le triomphe de Marthe par deux processions qui ont lieu, l'une le second dimanche après la Pentecôte, l'autre le jour de la fête de la sainte. Une tradition semblable est encore populaire à Poitiers, à Reims, à Troyes, à Louvain, à Mons... Le monstre y a pris les noms de *Grand'Gueule*, de *Bailla*, de *Chair salée*, de *Dragon*, de *Dou-Dou*... On comprend facilement que cette légende, qui rappelait sous une allégorie la destruction du paganisme, se soit propagée ou même ait pu naître simultanément dans divers lieux, mais peut-être avait-elle son origine dans ce paganisme même dont elle célébrait la chute, dans le mythe de Python tué par Apollon, mythe qui offrait la personnification des lagunes pestilentielles, des eaux croupissantes desséchées par le soleil.

En Allemagne, il y eut jadis un chasseur nommé Falkenberg, si adonné aux plaisirs de la vénerie que sans aucun scrupule il courait les bois les dimanches et les jours de fête. C'était de plus un seigneur débauché et cruel. Quand il mourut, la légende s'empara de lui et le fit chasser dans les airs, sonnant de la trompe et agitant son fouet à la suite d'une meute hurlante. Burger a composé sur ce sujet une ballade qu'a imitée Walter-Scott. Dans d'autres parties de l'Allemagne, c'est le fidèle Eccart qui, pendant les douze nuits qui s'écoulent de Noël aux Rois, s'avance armé d'un bâton blanc à la tête d'une foule de fantômes à l'aspect le plus étrange : les uns sont à pied, les autres sont montés sur des chevaux qui n'ont que deux jambes; ceux-ci courent leur tête à la main, ceux-là sont attachés à des roues qui tournent d'elles-mêmes avec la plus effrayante rapidité ; ils sont précédés de formes qui ressemblent à des lièvres, à des sangliers, à des lions, ou qui empruntent à divers animaux un fantastique mélange de gueules, de griffes, de crinières. Les chiens aboient, les trompes jettent leurs notes plaintives, et le mystérieux cortége se précipite sur la cîme des monts. La chasse dure jusqu'à ce que le bruit d'une petite cloche donne le signal du retour. Ailleurs on attribue à saint Hubert les rumeurs nocturnes que l'on prétend entendre dans les airs. A Tours, c'est le roi Hugon qui conduit une bruyante armée. Dans le duché de Luxembourg, c'est le comte Otton qui mène la grande chasse. La forêt de Fontainebleau était, disait-on, hantée par l'ombre d'un terrible chasseur qui quelquefois apparaissait sous une forme hideuse et entouré de chiens monstrueux. Dans les mémoires de Sully il est parlé de ce personnage qu'on nommait le Grand-Veneur. Un jour il passa si près du palais, que les courtisans descendirent dans la cour croyant que le roi revenait de la chasse. Sur le mont Hœrsil, en Thuringe, c'est le cortége de Holda, la fée bienfaisante, qui passe. On la retrouve en Norwége. Parmi les peuples du midi, on la connaît sous le nom de Phra ou de dame Abundia. En Catalogne, où l'on parle aussi du chasseur nocturne, Abundia est devenue Hérodiade, et les bruits aériens sont, assure-t-on, causés par la danse éternelle à laquelle elle est condamnée en punition de la mort de saint Jean-Baptiste.

Presque partout où s'élève une église remarquable, un château inaccessible où un pont hardiment jeté franchit un torrent, la tradition fait intervenir le diable. A Cologne, l'architecte Gérard parie avec le diable qu'il aura lancé son dôme dans les airs avant que le mauvais ange ait terminé l'aqueduc de Tréves à Cologne. Il perd sa gageure et se précipite du haut de la tour. A Ratisbonne, un pari du même genre a lieu pour le pont et la cathédrale. A Prague, un prêtre, Warlaga Kralizza, s'engage à se donner au diable si celui-ci, après être sorti du corps d'une possédée à l'introït de la messe, lui rapporte avant la fin de l'office une colonne d'une église de Rome. Le diable accepte; mais au moment où il rentra dans l'église, Warlaga prononçait ces paroles du dernier évangile : *Et verbum caro factum est*. A ces mots, le diable laissa tomber la colonne qui se brisa. Une vieille peinture représente toute cette histoire. « Et ce qu'il y a de singulier, dit Goerres qui rapporte cette légende, c'est que dans l'église de Sainte-Marie, à Rome, on voit d'un côté seize colonnes, et de l'autre quinze seulement, et à la place de celle qui manque est un autel derrière lequel est représentée l'histoire telle qu'on la débite à Prague. » On raconte dans d'autres endroits que le diable s'est engagé à construire un monument à la condition que le premier qui y entrera lui appartiendra. Pour le tromper, on fait passer un animal, un loup dans la cathédrale d'Aix, un coq sur le pont de Francfort, un chien sur le pont de Ratisbonne. Dans le duché de Luxembourg, le diable promet à un jeune homme de faire jaillir d'abondantes sources qui doivent assurer la prospérité du meunier dont le jouvenceau aime la fille, si celui-ci consent à livrer son premier-né à l'esprit du mal.

Le jeune homme accepte, le mauvais tient sa promesse ; mais il est dupé parce que le jeune homme renonce à se marier et se contente d'avoir donné l'aisance à celle dont il avait recherché la main. Telle est la légende que l'on raconte à Sept-Fontaines.

Tous ceux de mes lecteurs qui ont fait le charmant voyage des bords du Rhin se souviennent sans doute d'une vieille tour qui sort des flots près de la rive droite du fleuve et non loin de Bingen. On rapporte qu'au dixième siècle il y eut à Mayence un archevêque nommé Hatton. C'était un homme dur et peu charitable. Un jour, par une année de disette, des malheureux entourèrent son palais et lui demandèrent du pain. L'archevêque aurait pu les satisfaire, car ses greniers étaient remplis de blé; mais au lieu de cela, après les avoir accablés d'injures, il les fit poursuivre par ses archers et brûler dans une grange où ils s'étaient réfugiés, et à leurs cris il dit en ricanant : « Entendez-vous les rats? » Dieu punit bientôt cette barbarie. Une multitude de rats énormes envahirent le palais et en telle quantité que le farouche archevêque fut obligé de fuir. Il se réfugia à Bingen, puis dans une tour qu'il fit bâtir dans le fleuve; mais les rats l'y rejoignirent et l'y dévorèrent tout vivant; ils rongèrent même tous les endroits des tapisseries où était tracé le nom d'Hatton. Au livre III de la *Cosmographie universelle* de Munster, il est parlé de cette tradition et une gravure représente la fameuse tour assiégée par les rats.

Dans les *Histoires prodigieuses* de Boistuau, on lit une légende analogue sur le roi Popiel qui régnait en Pologne vers l'an 346. « Il avoit accoustumé entre ses autres particulières exécrations de jurer et affirmer ainsi : — Si cela n'est vrai que les rats me puissent manger, — ce qui lui fut un très mauvais présage, car à la fin il en fut dévoré comme vous entendrez ci-après. Le père de ce roi Popiel, sentant les angoisses de la mort, laissa l'administration du royaume aux deux oncles de son fils, gens reverez de tous ceux du pays pour leur prudhommie et sainctetė. Popiel estant parvenu en l'aage requis, le père décédé et l'enfant se voyant en pleine liberté et sans frein commença à se laisser transporter à ses desirs, de sorte qu'en peu de jours il devint si effronté que il n'y eut espéce de vices qu'il n'experimentast, jusques à machiner la mort de ses oncles, lesquels il feist mourir de poison. Ce fait il commença à se faire couronner de chapeau de fleurs et parfumer d'unguens precieux et afin de mieux solennizer l'entrée de son regne il fit préparer un somptueux et magnifique banquet où tous les princes et seigneurs de son royaume estoyent congregez et comme ils commencoyent à banqueter voici une infinie multitude de ratz qui sortirent des corps putréfiez de ses oncles, lesquels luy et sa femme avoyent empoisonnez, qui vindrent assaillir ce cruel tyran entre ces délices et commencerent à le couper à belles dents, ce que les archers de sa garde cuiderent empêcher, mais ce fut en vain... A raison de quoy il fut advisé par le conseil d'environner le prince de feu. Mais ce fut chose prodigieuse que les rats passant par braise et flammes ne cessoyent de ronger cet execrable meurtrier; ainsi se voyant frustrez de leur première intention, ils adviserent de le mener par bateau au milieu d'un lac. Mais ces animaux, n'estant aucunement intimidez, pénetrerent jusques au bateau où ils continuerent leur rage avec telle impetuosité que les bateliers et autres furent contraints d'abandonner leur prince... lequel se voyant seul depourveu et abandonné de tout humain conseil, s'enfuyrent lui et sa femme en une tour où ils furent enfin deschirez et consommez jusques aux os par ces petits animaux. »

On attribue encore la même fin à un évêque de Strasbourg, Wildérold, mort en 996.

La légende de saint Alexis fut aussi très répandue au moyen âge. Dans l'excellente édition du *Violier des Histoires romaines*, qui fait partie de la bibliothéque elzevirienne, M. G. Brunet a indiqué une grande quantité d'ouvrages roulant sur saint Alexis. Nous nous permettrons d'ajouter à ses indications que la vie de saint Alexis a été racontée encore dans deux longs romances castillans et que sa rude pénitence paraît avoir été mise à contribution par l'auteur du roman de *Valentin et Orson*, et peut-être aussi par le poète inconnu de *Robert-le-Diable*.

Alexis naquit à Rome, et après avoir été soigneusement élevé par son père Eufémian et sa mère Abaël, il fut marié « à une belle damoiselle de la maison impériale ; » mais le lendemain même de ses noces il s'éloigna seul de Rome et gagna la Syrie où, par esprit de pénitence, il se mit à vivre comme un mendiant. Vainement son père, sa mère et sa femme envoyèrent à sa recherche. Au bout de dix-sept ans de cette pénible existence, Alexis revint à Rome. Là, sans se faire connaître, il se nourrit des restes de la table de son père, mêlé aux mendiants et exposé aux mépris et aux dérisions des domestiques ; enfin sentant que Dieu ne tarderait pas à l'appeler à lui, il demanda du papier, une plume, de l'encre, et écrivit son histoire. Il mourut tenant entre ses mains ce pieux récit, et ce fut seulement alors que sa femme, qui lui était restée fidèle, qu'Eufémian et qu'Abaël apprirent qu'ils avaient longtemps vécu, l'une près de son mari, les deux autres près de leur enfant. Dans le roman de *Valentin et Orson*, Valentin se confesse au pape qui lui enjoint de se vêtir d'habillements misérables, de se rendre ainsi à Constantinople, sous les degrés de son propre palais, près de sa chère femme Esclarmonde, de vivre là pendant sept ans, confondu aux mendiants, sans jamais parler, sans rien faire qui pût aider à découvrir qui il était. Valentin se soumit à cette terrible pénitence : elle fut bien dure, car la belle Esclarmonde, le croyant mort, fut sur le point de se remarier. Il fut appelé à Dieu avant d'avoir pu embrasser sa femme ; on ne le reconnut qu'à une sorte de testament qu'il avait rédigé et à une bague brisée dont Esclarmonde avait la moitié.

Quant à Robert-le-Diable, un ermite lui imposa pour l'expiation de ses nombreux péchés de contrefaire le fou et le muet et de ne rien manger que ce qu'il enlèverait aux chiens.

Depuis longtemps déjà Robert vivait à Rome de cette triste manière, quand un jour il entendit une voix qui lui enjoignit de s'armer, de monter à cheval et d'aller combattre les Sarrasins qui assiégeaient la ville. Robert aperçut près de lui un superbe coursier et des armes blanches : il obéit à l'injonction miraculeuse et tua une grande quantité d'infidèles. L'empereur, ravi d'avoir un si valeureux allié, le fit en vain chercher de tous les côtés. Robert avait repris ses guenilles. Cependant le duc de Normandie avait été blessé à la cuisse, et l'empereur fit annoncer que le chevalier qui avait si bravement combattu les Sarrazins, qui portait une armure blanche et dont la jambe avait été traversée par un coup de lance, obtiendrait la main de sa fille et le gouvernement d'une province. Un sénéchal eut l'audace de se présenter dans les conditions requises, et Robert, qui à la porte du palais était mêlé aux mendiants et aux chiens, ne protesta point contre cette supercherie. Mais Dieu ne voulut pas permettre qu'un autre s'attribuât ainsi l'honneur de telles prouesses. La fille de l'empereur, qui jusqu'alors avait été muette, recouvra soudainement la parole et raconta que d'une des fenêtres du palais, elle avait vu le pauvre fou se couvrir d'armes blanches, s'élancer sur un cheval et qu'il était réellement le héros, objet de tant de perquisitions. Je n'ai pas à m'occuper de la fin de Robert. Dans le vieux roman il se fait ermite, dans un *dit*, dont le dénouement a été adopté par la *Bibliothèque bleue*, il épouse la fille de l'empereur de Rome. Je n'avais à parler que de sa pénitence.

En Espagne, l'ermite Garin dont Cristobal de Virues a fait le héros de son étrange poème, le *Monserrate* expia ses péchés à peu près comme le duc de Normandie. Ce Garin, de même que les solitaires, dont il est parlé dans le fabliau : *de l'Ermite que le Diable enivra*, et dans le fabliau *de l'Ermite que le Diable trompa avec un coq et une poule*, chercha par un meurtre à cacher un autre crime. Il assassina une jeune fille que son père lui avait confiée. Plein de remords, il se rendit à Rome et s'y confessa au pape. Le saint Pére lui donna pour pénitence de retourner au Monserrate en marchant sur ses pieds et sur ses mains. Il fut chassé, comme s'il eût été une bête sauvage, par les gens du comte de Barcelone, le père même de sa victime, et conduit chez ce seigneur où il devint un objet de mépris et de risées jusqu'à ce qu'un enfant de trois mois, qui était fils du comte, doué de la parole par un prodige, déclara tout à coup que les crimes de l'ermite étaient pardonnés. Un autre miracle eut encore lieu : La résurrection de la jeune fille qui revint à la vie, belle, fraîche et telle enfin qu'elle était avant les deux crimes de l'ermite.

On vient de voir que dans l'histoire de Robert-le-Diable une petite muette se met à parler, que dans la légende de Garin un enfant de trois mois prend tout à coup la parole. Au moyen âge, on croyait volontiers à des miracles de ce genre, et cette croyance était sans doute un héritage de l'antiquité. « Pline raconte, — écrit Pierre de Messie dans son livre *Les diverses Leçons,* — de cest enfant de Cresus et dist qu'à cinq mois il prononça quelques paroles qui furent reputées pronostication de la ruine de son père. Il me souvient, ajoute le même auteur, d'une autre aventure en pareil cas récitée par Al-ben-Rayel, en son judiciaire auquel il parle comme témoin d'avoir veu qu'un roy en la cour duquel il demeuroit eut un enfant qui dedans les vingt quatre heures de sa naissance commença à parler parfaitement et à remuer les mains, de quoy tous les assistants esmerveillez entendirent qu'il dit à haute voix : — Je suis né malheureux veu que je viens annoncer que le roy mon père doit perdre son sceptre et que son royaume doit estre destruit. — A la fin desquelles paroles il eut aussi fin de sa vie. » Dans la légende de saint Antoine de Padoue, un enfant est aussi doué miraculeusement de la parole. En Suisse, un charbonnier que sa femme venait de rendre père, se trouvait très embarrassé pour fêter dignement la naissance de son fils ; le diable lui apparut et lui proposa ceci : La pauvre cabane du charbonnier serait, le jour du baptême, pleine de mets exquis, de vins délicieux, et il pourrait inviter autant de convives qu'il le voudrait; mais si dans ce jour il éternuait trois fois sans que personne lui dit : Dieu vous bénisse! son âme appartiendrait à l'esprit du mal. Le charbonnier accepta cette bizarre condition; le diable tint parfaitement sa promesse : un festin plantureux fut servi par ses soins. Le charbonnier éternua une fois, mais le bruit empêcha ses convives de l'entendre; il éternua une seconde fois, même tumulte et même absence de la formule usitée; il éternua une troisième fois sans que personne le remarquât davantage et se mit à trembler en apercevant le diable qui entrait. Par bonheur, dans ce moment, l'enfant que l'on venait de baptiser, se souleva dans son berceau et lui dit d'une petite voix argentine: « Dieu vous bénisse, mon père! » Dans la version portugaise du magnifique romance de don Alarcos, à l'instant où celui-ci va tuer sa femme pour obéir aux ordres du roi dont jadis il a aimé la fille et que l'on exige, au nom de l'honneur, qu'il épouse, un enfant à la mamelle sauve sa mère en s'écriant tout à coup : « Notre infante est morte à cause des maux qu'elle faisait; elle voulait séparer ceux qui sont bien mariés, chose que Dieu ne veut pas. » Dans une des rédactions de la *canzone* piémontaise de dona Lombarda, le mari que sa femme va empoisonner à la suggestion d'un amant, est averti du crime par un enfant qui se met à parler dans son berceau. Dans un chant catalan publié par M. Milà y Fontanals, une mère est disculpée des accusations de sa belle-sœur par son fils au maillot. Un chant provençal : *la Nourrico dou rei*, présente une situation analogue. La nourrice d'un prince s'est endormie son nourrisson à côté d'elle; à son réveil elle le trouve mort. Elle est accusée de l'avoir étouffé et condamnée à être pendue. Soudain le jeune prince revient à lui et s'écrie :

— N'en pendetz pas ma maire
Que l'a pas meritat;
Pendetz n'en la servanto
Que m'avie'mpouisounat.

Ce chant vient d'être publié dans un intéressant volume *les Chants populaires de la Provence, recueillis et annotés par Damase Arbaud.* Nous achevons seulement de lire ce livre ; il nous fournira quelques rapprochements qui peut-être eussent été mieux à leur place ailleurs, mais que nous nè voulons pas laisser de côté. Dans *les vieux Auteurs castillans,* nous avons raconté de nombreuses histoires de femmes attendant depuis longues années leurs maris. La chanson provençale *la Pourcheireto* est un récit de ce genre et ressemble beaucoup à la complainte normande de *Germine,* au chant breton du *Retour du Croisé,* au chant catalan du *Retour de don Guilhermo,* etc. Dans *les vieux Auteurs castillans* encore, — nous demandons pardon au lecteur de nous citer aussi souvent, mais, nous l'avons dit, c'est ce livre qui a été le point de départ de ces recherches, — dans *les vieux Auteurs castillans* donc, nous avons montré que la *canzone* piémontaise, *la Fuite et le Repentir,* existe en Normandie, dans le Bourbonnais où elle s'est compliquée de nouveaux incidents, et dans le Pays messin. Il s'agit d'une jeune fille qui, enlevée par trois capitaines, fait trois jours la morte pour sauver son honneur, et qui est enterrée par ses ravisseurs dans le jardin de son père. Cette donnée se retrouve en Provence, dans *les tres Capitanis,* dont la fin ressemble tellement à la fin de la chanson du Pays messin que l'une doit être la traduction de l'autre. Qu'on en juge :

Au bout de tres jours apres
Soun pero se proumeno;
— Durbetz ma toumbo
Moun pero se vous pla
Ai fach tres jours la mouerto
Per moun hounour gardar.

Deux ou trois jours après, le pèr' qui se promène
A vu le tombeau frais : — Mon pèr' si vous m'aimez,
Faites ouvrir la tombe;
J'ai fait trois jours la morte pour mon honneur garder.

Un chant piémontais raconte les malheurs d'un soldat qui apprend la maladie de sa fiancée, demande son congé et arrive au moment où l'on enterre la jeune fille. Un chant provençal, *Pierrot*, contient le même épisode. Ici la proximité de l'Italie et de la Provence explique parfaitement l'analogie des deux complaintes dont le sujet n'a d'ailleurs rien d'extraordinaire, et a même pu dans les deux pays être inspiré par un événement semblable ; mais il n'en est pas ainsi à l'égard des *Ourphelins* que M. Damase Arbaud rapproche avec raison d'une ballade danoise fort étrange : *Le retour d'une Mère*. Et ce n'est pas la seule fois que les chants de la Provence offrent avec les chants du Nord de curieuses et inexplicables analogies dont M. Arbaud a fait valoir tout l'intérêt.

Le nom de Robert-le-Diable, que j'écrivais tout à l'heure, aurait pu m'amener à son fils Richard-sans-Peur, et à Baudouin, comte de Flandre, qui tous deux épousèrent un démon ; mais l'intervention des incubes et des succubes a été trop fréquente au moyen âge pour que je m'en veuille occuper. En fait de mariages singuliers, disons plutôt un mot de celui de Raymondin, neveu du comte de Poitiers. Ce seigneur rencontra à la chasse une très belle personne qui s'appelait Mélusine, et quoique ne sachant pas trop son origine, il l'épousa. Mais Mélusine lui recommanda de ne jamais chercher à la voir le samedi. Pendant assez longtemps Raymondin se conforma à cette injonction, puis un jour la curiosité l'emporta ; il entra chez sa femme qu'il trouva dans un bain. et vit avec horreur que son corps se terminait par une longue queue de poisson. Aussitôt poussant un grand cri, Mélusine disparut par une fenêtre ; depuis ce temps elle est restée moitié femme, moitié poisson, et elle conservera cette forme jusqu'à la fin du monde. C'est du moins ce que prétend Brantôme ; il ajoute que : « Quand il debvoit arriver quelques grands desastres au royaume ou changement de règne, ou mort ou inconvenients de ses parents les plus grands de la France et fussent rois, que trois jours avant on l'entendoit crier d'un cri très aigu et effroyable, par trois fois. »

Cette légende de Mélusine, dont je n'ai donné que la substance et sur laquelle Jean d'Aras a écrit un roman, existe aussi dans le Luxembourg, et il semble très probable que c'est de là qu'elle s'est répandue en France. Mélusine appartient sans doute aux Oudins ou aux Nixes de l'Allemagne; elle est parente à un degré quelconque de l'Ondine du Lurley et de la première femme de Pierre de Stauffenberg. La tradition qui la concerne a pu passer par une alliance à la famille de Lusignan. Cette famille elle-même n'était-elle pas d'origine germanique? Son nom s'écrivait aussi Lesignen, et Louis de Luxembourg, connétable de Saint-Pol, avait pour cri de guerre Lesignen. Mais ne nous égarons pas hors de notre sujet, renvoyons le lecteur curieux de plus de recherches aux articles que M. Paulet a publiés dans *la Picardie* sur le château de Ham, et rappelons seulement que les Luxembourg portèrent dans ce château, de même que dans celui d'Enghien, la merveilleuse histoire dont le héros se nomme Sigefroi, sur les bords de l'Alzette, et Raymondin dans le Poitou.

Les héroïnes de bien des traditions ont subi une métamorphose non moins extraordinaire que celle de Mélusine. Le voyageur Maundeville raconte que dans l'île de Cos vit la fille d'Hippocrate, mais elle vit sous la forme d'un affreux dragon. Elle conservera cet aspect jusqu'à ce qu'un chevalier soit assez hardi pour s'approcher d'elle et l'embrasser. Partout l'imagination populaire a placé des gardiennes de ce genre près de prétendus trésors. Leloyer dans son *Histoire des Spectres*, Delrio dans son curieux livre *Disquisitionum magicarum*, n'ont pas dédaigné de s'occuper de ce conte; ils ont rappelé les superstitions qui avaient cours sur le trésor de la grotte de Basle, sur les chiens qui étaient couchés sur ces trésors, sur « la Pucelle du genre des lamies qui allèchoient par blandices les hommes pour les dévorer. Celle pucelle feignoit qu'après trois baisers qu'un jeune homme chaste lui donneroit, elle seroit delivrée de sa chattre et les thrésors seroient à celui qui la delivreroit. » Encore une fois cette légende a été répandue dans tous les pays.

Delrio et Leloyer ont aussi parlé des anneaux magiques, mais avec moins de crédulité que Bodin. Celui-ci prétend avoir connu un gentilhomme qui, ennuyé de posséder un anneau où s'était renfermé un esprit malin « le jeta au feu, pensant y jeter l'esprit malin aussi, comme si cela se pouvoit enclore ; depuis il est devenu furieux. »

Un anneau bien précieux était l'anneau de Gigès qui rendait invisible et que l'Arioste mit au doigt de la belle Angélique. Une autre bague non moins extraordinaire était celle qui avait le privilége d'inspirer un violent amour. On sait comment une vieille femme qui possédait cette bague était aimée par Charlemagne avec une passion dont s'ennuya le bon Turpin, comment celui-ci s'empara de l'anneau magique et le jeta dans une rivière dont aprés cela le grand empereur ne pouvait plus quitter les bords. Cet anneau ne paraît pas avoir été retrouvé comme celui de Salomon. Suivant les Arabes, toute la sagesse de ce roi tenait à une bague. Salomon en prenant un bain eut l'imprudence de l'ôter de son doigt, une furie infernale la déroba et la jeta à la mer. Salomon, dépourvu des lumiéres qui lui étaient nécessaires pour bien gouverner, n'osait plus monter sur son trône ; enfin il retrouva le talisman dans le ventre d'un poisson qu'on servit sur sa table. Ce conte rappelle un peu la bague de Polycrate, tyran de Samos (qui a eu l'honneur de fournir une ballade à Gœthe), un conte recueilli par Grimm, la *Frauensand*, et la légende de saint Arnould qui, gémissant sur la grandeur de ses péchés, jeta sa bague dans la Moselle en pensant qu'il les croirait pardonnés si cette bague lui était un jour rendue. Peu de temps aprés son cuisinier la découvrit dans les entrailles d'un poisson et la remit à son maître. Dans le *Violier des Histoires romaines* (ch. X), on voit que l'empereur Aurélien avait fait faire deux bagues, dont l'une conservait la mémoire, dont l'autre produisait l'oubli. C'est à peu prés l'idée des deux fontaines que Bojardo a placées dans son *Orlando innamorato*, l'une inspirait l'amour pour la personne que l'on avait haïe jusque-là, l'autre la haine pour celle qu'on avait le plus aimée. On sait comment Renaud et Angélique burent chacun à une source différente et l'étrange changement qui s'opéra dans leurs sentiments. Dans le roman arabe des *Sept Vizirs*, une fontaine change les hommes en femmes et une autre les femmes en hommes. Dans l'histoire de Fortunatus deux arbres ont aussi des propriétés très opposées. De tout temps et partout les fontaines semblent avoir eu avec le monde surnaturel de mystérieux rapports. C'est auprès d'une fontaine que Numa Pompilius allait trouver Egérie. Quantité de sources furent mises sous le patronage de déesses et de dieux auxquels on éleva des temples; quantité de fontaines portent encore le nom de fontaines des fées; ce fut près de la source des Grosiers que Jeanne d'Arc eut ses premières apparitions; toutes les fois qu'un chevalier s'énamoure d'une fée, c'est toujours près d'une claire fontaine qu'il la rencontre peignant ses beaux cheveux blonds. Les forêts ont eu aussi un grand rôle dans les scènes de magie. On se l'explique par leur aspect imposant, par leurs voûtes sombres et peut-être encore par la tradition des cérémonies religieuses des Gaulois. On se souvient de la forêt druidique décrite par Lucain, et il suffit de nommer la forêt de Broceliande, la Forêt-Noire et celle des Ardennes. Dans le *Poème d'Alexandre* il y a une forêt enchantée tout comme dans la *Jérusalem*.

On a vu que plusieurs des fictions dont nous avons parlé ont une origine orientale. C'est de l'Inde que se sont répandus la plupart des contes grivois qui ont amusé le moyen âge. M. Fauche, le traducteur du *Ramayana*, a fait remarquer que ce poëme sanscrit, qui passe pour avoir été composé quinze siècles avant l'ère chrétienne, contient le récit d'où Lafontaine a tiré les *Oies de frère Philippe*. J'ajouterai à mon tour que ce conte, avant d'arriver à notre fabuliste, fut traité par l'auteur des *Cento novelle antiche* et par un poëte du quinzième siècle, Martin Franc. C'est encore de l'Inde qu'est venue l'histoire de cet amant qu'un souterrain conduit près de sa maîtresse, tandis qu'un mari jaloux croit celle-ci à l'abri de toute tentative. C'est là le sujet du roman provençal de *Flamenca* qu'a publié M. Raynouard, et de plusieurs contes et fabliaux. Je ne prétends pas, d'ailleurs, entrer dans plus de détails sur des imitations de ce genre; il est inutile de répéter ici ce que l'on peut trouver dans l'*Histoire littéraire de la France*, dans l'*Essai sur les fables indiennes* de M Loiseleur Deslonchamps, dans la traduction d'*Hitopadesa* de M. Lancereau. dans les notes dont M. G. Brunet a enrichi son édition du *Violier des Histoires romaines*, dans les indications que Legrand a jointes à sa traduction des fabliaux.

Je ne m'arrêterai pas davantage aux emprunts assez nombreux que le moyen âge a fait à l'antiquité et surtout à Apulée. C'est un travail qui a été exécuté en partie dans l'*Histoire littéraire de la France* (tome XXIII).

Je ne rappellerai pas non plus, d'après M. Wolf, l'analogie que l'on remarque entre plusieurs contes populaires enfantins de la Catalogne, des contes allemands du même genre et les fables napolitaines du *Pentamerone*. J'ai voulu simplement réunir quelques notes de la nature de celle que j'ai été amené à publier en parlant du *Poème d'Alexandre*, du *Chevalier au Cygne*, de *Charles-Mainet*, de *Juan Ruiz*, du *comte Lucanor*, d'*Amadis*, des romances et du recueil intitulé *El libro de los Enxemplos*, j'ai cherché à rassembler — sans renoncer à entreprendre une œuvre plus complète sur ce sujet — quelques traces d'imitations qui n'avaient pas été indiquées ou qui l'avaient été d'une manière insuffisante, quelques-unes de ces rencontres qui n'ont pas une très-grande importance peut-être, mais dont l'apparition intéresse pourtant les archéologues en littérature et les repose d'études plus sérieuses.

Je terminerai cette compilation par une page de M. Milà y Fontanals, page écrite en vue surtout des poésies populaires, mais applicable pourtant aux recherches qu'on vient de lire.

« Comment, dit M. Milà y Fontenals, se rendra-t-on compte des singulières analogies qui surprennent dans la comparaison des chants de divers peuples? Recourra-t-on à l'explication historique d'une transmission réelle quoique cachée, ou à l'explication psycologique de la ressemblance des actes de l'esprit humain ayant à se produire dans des circonstances identiques? La simplicité de la poésie populaire, la ressemblance des situations et des points de vue suffisent pour produire des tours, des images, des couleurs pareils. Certains sujets sont nés partout de faits réels qui partout sont les mêmes; il suffit de citer les chants de bandits qu'aucun peuple n'a été assez heureux pour emprunter à ses voisins. Les superstitions féeriques émanent de croyances reculées, mais communes, dont des vestiges se sont conservés parce qu'ils correspondent à des propensions natives de notre intelligence. Dans un ordre d'idées très distinct, les légendes disséminées antiquement nous expliquent l'identité de bien des pensées, de bien des faits partiels. Mais il n'y a pas de doute que, comme un lointain écho, les nations les plus distantes les unes des autres répètent des traditions semblables qui ont imperceptiblement franchi les rivières, les montagnes, et qui ont même pénétré dans les langues les plus différentes; ainsi que des semences fécondes enlevées par le vent, telles qu'une disposition endémyque transmise par l'atmosphère, les fictions poétiques se sont répandues sans souvent laisser d'indices de leur passage sur les points intermédiaires. Les peuples les moins en rapport par les mœurs, l'idiome, les habitudes, se sont intéressés à des narrations d'une même nature. Quelles autres causes assigner à ces faits qu'une antique poésie commune ou que des transmissions particulières qu'il est aussi difficile de nier que de comprendre? »

Ne voulant pas dans ce petit travail, qui ne saurait avoir aucune prétention scientifique, fatiguer le lecteur par de nombreuses notes et de continuels renvois, nous nous contenterons d'indiquer ici les principaux ouvrages que nous avons consultés:

Libros de Caballeria; Madrid, Rivadeneira, 1857.— *Observaciones sobre la poesia popular*, por don Manuel Milà y Fontanals; Barcelona, 1853.— *Tesoro de Novellistas*; Paris, Baudry, 1847. — *Romancero general*, par don A. Duran; Madrid, Rivadeneira, 1854. — *Escritores en prosa anteriores al siglo XV*; Madrid, Rivadeneira, 1859. — *Romanceiro*, par J.-B. de Almeida Garrett, Lisboa. Viuva Bertrand. — *Barzas Breiz*, chants populaires de la Bretagne recueillis par M. de la Villemarqué; Paris, Franck, 1846. — *Chants populaires de la Grèce*, traduits par M. de Marcellus; Paris. Michel Lévy, 1860. —*Chants populaires du Nord*, traduits par Marmier: Paris, Charpentier, 1850. — *Chants populaires de l'Allemagne* tr. par S. Albin, Paris. Gosselin, 1841. — *Chants populaires des frontières de l'Écosse*, traduits par M. Artaud; Paris, Gosselin, 1826.— *De l'Allemagne*, par Henri Heine; Paris, Lévy, 1855. — *Du Danube au Caucase*, par Marmier; Paris, Garnier, 1854. — *Bibliothèque des romans*.— *Traditions allemandes*, par les frères Grimm, tr. par M. Theil; Paris, Levasseur, 1838.— *Théâtre français au moyen âge*; Paris, Desrer, 1831.— *Tableau de la littérature du Nord*, par Eichhoff; Paris, Didier. 1857. — *Le Ramanaya*, poëme sanscrit, tr. par H. Fauche; Paris, Franck. — *Bibliothèque orientale*, par d'Herbelot, Paris, MDCXCVII.— *Essai sur les fables indiennes*, par Loiseleur-Deslonchamps; Paris, Techener, 1838.—*Contes de Musæus*; Paris, Havard, 1846.— *Guide du voyageur sur le Rhin*, par Schreiber; Heidelberg. — *Itinéraire du Luxembourg germanique*, par l'Évêque de la Basse-Moûturie; Luxembourg, 1844. — *Revue de Paris*.— *Revue de Picardie*.— *Les Miracles de la Vierge*, par Gauthier de Coincy; Paris, Parmentier, 1857.— *Poésies de Marie de France*; Paris, Maresq, 1832. — *Fabliaux et contes des poètes français*, par Barbazan; Paris, Warin, 1808. — *Fabliaux*, par Le Grand; Paris, Onfroy, MDCCLXXXI. — *Études sur la poésie populaire en Normandie*, par E. de Beaurepaire; Paris, Dumoulin, 1856. — *Chansons populaires des provinces de France*; Paris, Lecrivain et Tourbon, 1860.— *Cento novelle antiche*; Milano, Torsi, 1825. — *Novellieri italiani*; Paris, Baudry, 1847.— *Conti popolari inediti umbri, liguri, piceni*, etc., raccolti da Marcoaldi; Genova, 1855.— *Conti popolari toscani, corsi, illirici greci*, r. da Tommaseo; Venezia, 1841.— *Rivista contemporanea*.— *De la prison de Ferry III*; Nancy, Grimblot, 1839 — *Le Violier des histoires romaines*; Paris, Jannet, 1858.— *Disquisitionum magicarum libri sex*, auctore Delrio; Lyon, 1608.— *Studien zur Geschichte der spanischen und portugiesischen Nationalliteratur*, von F. Wolf, Berlin, 1859. — *Deutsches balladenbuch*; Leipsig, Wigand, 1858.— *Poetischer Hausschatz*, von Dr Wolf; Leipsig, Otto Wigand, 1860.— *Gesta romanorum*; Paris, Jehan Petit, 1500. — *Ueber die Beiden wiedergefundenen niederlandischen, Wolksbücher*, Vienne, 1857.— *Tesoro de los poemas españoles*:

Paris, Baudry, 1840.— *Le Roman de Robert-le-Diable*, publié par Trébutien; Paris, Silvestre, 1837. — *Le livre de Baudoyn* : Bruxelles, Berthot et Périchon. 1836. — *Histoires prodigieuses et mémorables*; Lyon. Jean Pillehotte. MDXCVIII. — *L'image du monde*, manuscrit 193, fond. N. D. bibl. impériale.

Chants populaires de la Provence, recueillis et annotés par Damase Arbaud; Aix, Makaire, 1862. — *La Cosmographie universelle*, in-folio, 1575, — *Discours et histoires des spectres*, par Leloyer; Paris, MDCV. — *La Démonomanie*, par Bodin, Paris, 1500.

www.ingramcontent.com/pod-product-compliance
Ingram Content Group UK Ltd.
Pitfield, Milton Keynes, MK11 3LW, UK
UKHW020449180726
13839UKWH00004B/1712